O GRITO DO TROVÃO

Editora Appris Ltda.
1.ª Edição - Copyright© 2023 do autor
Direitos de Edição Reservados à Editora Appris Ltda.

Nenhuma parte desta obra poderá ser utilizada indevidamente, sem estar de acordo com a Lei nº 9.610/98. Se incorreções forem encontradas, serão de exclusiva responsabilidade de seus organizadores. Foi realizado o Depósito Legal na Fundação Biblioteca Nacional, de acordo com as Leis nos 10.994, de 14/12/2004, e 12.192, de 14/01/2010.

Catalogação na Fonte
Elaborado por: Josefina A. S. Guedes
Bibliotecária CRB 9/870

```
P475g      Pessoa, Henrique Cesarino
2023          O grito do trovão / Henrique Cesarino Pessoa ; ilustrações de
           Ricardo Sanzi. – 1. ed. – Curitiba : Appris, 2023.
              93 p. ; 21 cm.

              ISBN 978-65-250-5000-3

              1. Ficção brasileira. 2. Poesia brasileira. 3. Trovão. 4. Sabedoria.
           5. Palhaços. I. Título.

                                                           CDD – B869.3
```

Editora e Livraria Appris Ltda.
Av. Manoel Ribas, 2265 – Mercês
Curitiba/PR – CEP: 80810-002
Tel. (41) 3156 - 4731
www.editoraappris.com.br

Printed in Brazil
Impresso no Brasil

Henrique Cesarino Pessoa

O GRITO DO TROVÃO

Ilustrações de Ricardo Sanzi

FICHA TÉCNICA

EDITORIAL	Augusto Coelho
	Sara C. de Andrade Coelho
COMITÊ EDITORIAL	Marli Caetano
	Andréa Barbosa Gouveia (UFPR)
	Jacques de Lima Ferreira (UP)
	Marilda Aparecida Behrens (PUCPR)
	Ana El Achkar (UNIVERSO/RJ)
	Conrado Moreira Mendes (PUC-MG)
	Eliete Correia dos Santos (UEPB)
	Fabiano Santos (UERJ/IESP)
	Francinete Fernandes de Sousa (UEPB)
	Francisco Carlos Duarte (PUCPR)
	Francisco de Assis (Fiam-Faam, SP, Brasil)
	Juliana Reichert Assunção Tonelli (UEL)
	Maria Aparecida Barbosa (USP)
	Maria Helena Zamora (PUC-Rio)
	Maria Margarida de Andrade (Umack)
	Roque Ismael da Costa Güllich (UFFS)
	Toni Reis (UFPR)
	Valdomiro de Oliveira (UFPR)
	Valério Brusamolin (IFPR)
SUPERVISOR DA PRODUÇÃO	Renata Cristina Lopes Miccelli
ASSESSORIA EDITORIAL	Daniela Nazario
REVISÃO	Katine Walmrath
PRODUÇÃO EDITORIAL	Daniela Nazario
DIAGRAMAÇÃO	Bruno Ferreira Nascimento
CAPA	Sheila Alves
ILUSTRAÇÃO DA CAPA	Ricardo Sanzi
REVISÃO DE PROVA	William Rodrigues

Dedico este livro para minha família, em especial minha mãe, Andrea Prior, minha companheira, e Silnei Siqueira (in memoriam)

AGRADECIMENTOS

Agradeço a Carlos Evelyn, Carlos Eduardo Bernardo, Andrea Prior, Gabriel Oller e Regina Cotrim e Walter Weiszflog.

Agradeço a todos os professores que marcaram minha trajetória artística desde meu primeiro professor de Teatro, Helio Filho, passando por Luis Damasceno até Marcelino Freire com quem adentro o universo da literatura.

Esclareço que o poema intitulado "SÓ" é de autoria minha e de Marcelo Junqueira, em uma criação conjunta.

Esclareço ainda que o desenho do Poema "A Corajosa Rosa Branca" foi feito por mim.

Várias dessas histórias são inspiradas em fatos reais.

PREFÁCIO

Em seu livro de estreia, Henrique não se limita apenas à prosa ou à poesia: experimenta esses dois modos de escrever, passando por vários gêneros como a crônica, o conto, a carta e a poesia.

Nos textos em prosa, que compõem a primeira parte, predominam as crônicas em que os temas abordados são os mais variados possíveis, indo desde esporte, cotidiano, educação, filosofia até religião.

Merecem destaque as incursões filosóficas mesmo nos assuntos mais prosaicos, caso da crônica *Física,* que começa com uma frase de Paulo Freire, "nós já nascemos com um atributo, dentre outros, que chamamos de curiosidade epistemológica", e termina com uma citação de Isaac Newton – depois de narrar o insucesso numa prova – "o que sabemos é uma gota e o que ignoramos é um oceano". Em outros textos, essas reflexões são a verdadeira matéria, chegando a constituir quase um ensaio. É o que ocorre em *Prima melancolia e avó sabedoria,* em que os termos abstratos são personificados como nas fábulas.

Ainda nesta linha mais reflexiva, o conto *Amigo-secreto budista* perpassa a filosofia, a religião e a psicologia ao fazer referência a problemas mentais da personagem. Também não ficaram de fora temas bastante comuns em crônicas contemporâneas, como a vida urbana em *Praça Ramos* ou em *Dona Marta, a dona da pensão;* esporte em *Rodrigão;* escola em *Elevado à segunda potência.*

Nos textos em prosa, destacam-se a fluência, a redação dos diálogos, que são ágeis e verossímeis, a linguagem simples e de acordo com a norma padrão.

Separando a prosa e a poesia, está o único texto epistolar, *Carta à classe teatral*. Nela, o autor se vale de sua longa experiência como ator e professor de teatro para fazer um apelo aos colegas de profissão: deixem de lado a vaidade, sejam autênticos e aproximem-se mais da plateia. Um belo texto que demonstra toda sua vivência e espírito crítico com relação aos profissionais da dramaturgia.

Nos poemas, sobressaem a capacidade de concisão, o jogo de palavras e a sensibilidade do autor, evidentes em *Palhaço* e *Possibilidades*. Há poemas românticos, como em *Lua cheia*, *Fim de namoro*, *A corajosa rosa branca*; mais realistas, como em *Poeira do tempo*, *Política*, *São Paulo e Londres*; e até filosóficos, como em *Loucura e Lucidez*. Poemas concretos também se fazem presentes – *Só*, *O excêntrico*, *Política*, *Insônia*.

Difícil dizer se Henrique se sai melhor na prosa ou na poesia. O fato é que, por sua sensibilidade, capacidade de captar o insólito no cotidiano, ele poderia dedicar-se a qualquer tipo de escrita.

Que venham outros livros desse escritor jovem e promissor.

Francisco Marto de Moura
Ex-professor de Henrique Pessoa

APRESENTAÇÃO

    Este livro, raro e peculiar, inicia com textos escritos em prosa conduzindo o leitor a um universo inusitado e cheio de humor, com personagens cativantes e clownescos.

    Agraciado com diálogos e pensamentos muito genuínos, os personagens bem caracterizados dão sustentação e vida ás envolventes narrativas.

    Uma carta separa a prosa da poesia oferecendo uma reflexão legítima e necessária para o ofício do ator e caminhos a se percorrer no teatro.

    Um livro que encanta por sua graça e magia de ser ao mesmo tempo simples e profundo.

*Um intelectual é um homem que diz
uma coisa simples de uma maneira difícil
um artista é uma pessoa que diz
uma coisa difícil de uma maneira simples*
(Charles Bukowski)

SUMÁRIO

CONTOS

Dona Marta, a dona da pensão 19
Estou casada faz 24 anos e não sei se gosto dele 21
Praça Ramos..22
Rodrigão e o voo dos morcegos 26
Ciências Exatas
Elevado à segunda potência — episódio 1 28
Física — episódio 2 — O retorno 31
Eduardinho ajudando o planeta 34
Pixi 38
Amigo-secreto budista......................................44
Rodolpho, excêntrico e estabanado 49
Prima Melancolia e avó Sabedoria.........................57

CARTA À CLASSE TEATRAL 63

POEMAS

Teatro..66
Palhaço...68
Possibilidades..69
Complexidade 70

Lua Cheia 71
A Corajosa Rosa Branca....................................72
Fim de Namoro...73
Política 75
Resistindo à Resistência 76
Guardado com Graça 77
São Paulo e Londres..78
Minha Pátria 79
Tico..80
O Grito do Trovão...82
Olhos azuis..84
Poeira do tempo 86
Loucura e Lucidez..87
O Messias 89
Insônia 90
O excêntrico...91
SÓ 92

CONTOS

DONA MARTA,
A DONA DA PENSÃO

Seis horas da manhã e ela vem desesperada falando como uma maluca enquanto eu tinha um pesadelo com o piquenique do Jurandir:

— Acorda, menino, você não imagina o que aconteceu!
— Por favor, Dona Marta, agora é cedo.
— Acorda que é importante.

Levantei da cama e sem lavar o rosto abri a porta.

— O que foi, Dona Marta?

Ela entrou sem pedir licença.

— Nem te conto. Terrível, meu filho! Terrível!
— Agora conta. O que foi?
— Não se preocupe que não foi só com você.
— Quer dizer que eu faço parte disso?
— Vixe! É o que mais faz parte de todos. O principal!
— Como assim? Então quero saber o que é!
— Vai saber! Gostaria que não se preocupasse tanto, porque eu tive uma saída! Não é a ideal, mas ajuda um pouco. Pelo menos um pouco.
— Uma saída para quê? Dona Marta, quer fazer o favor de falar logo, que não sei do que se trata e gostaria de saber.
— Nem queira saber, meu filho! Nem queira! Uma vergonha! Como falava o Boris Casoy:" Isso é uma vergonha!"

O nervoso foi crescendo por dentro.

— Vergonha? Tem alguma relação com jornalismo? Por que o Boris?

— Não, apenas disse isso com a mesma intenção que ele falava. Só isso.

— Então fala, catso!

— Não gosto de grosseria.

— Desculpe. Dona Marta, por favor tenha a gentileza de me dizer o que aconteceu de tão terrível?

— Lembra daquela vaquinha que fizemos para arrecadar o dinheiro do piquenique que daríamos de presente para o Jurandir. Você mesmo organizou antes de me mandar comprar tudo.

— Sim! Lembro! O que houve?

— Não deu para comprar o presunto Royal. Quase que eu tive de comprar mortadela. Imagina? Onde nós estamos? Mortadela! Isso sem falar que não terá as bisnagas. Sorte que consegui encontrar um presunto bem barato e de boa qualidade em outra padaria. Talvez ele nem perceba. Tomara Deus! Tomara.

Já nem sabia se estava dormindo ou acordado.

— Dona Marta, não acredito que você esteja falando sério. Só isso? Olha como você me deixou! Minha mão está tremendo, meu corpo está com calafrios, acho que estou com problemas de pressão. Por favor, não faça mais isso, eu te peço, ok? O Jurandir vai entender eu te garanto.

— Também não precisava ficar assim. Exagerado você. Vixe, quanto exagero da sua parte!

Saiu do quarto batendo a porta e eu voltei para a cama para tentar dormir de novo.

ESTOU CASADA FAZ 24 ANOS E NÃO SEI SE GOSTO DELE

Na verdade nunca fui uma pessoa de grandes convicções. Não sei em quem votar para presidente, não sei se acredito em Deus e por aí vai. Isso sem falar nas coisas mais triviais. Quando vou ao Karaokê com as minhas amigas, nunca sei se canto ou não. Se elas insistem, vou cantar, mas nunca sei que música escolher. Outro dia fui ao restaurante com meu marido. Ele adora carne! Quando o garçom perguntou se eu queria ao ponto ou malpassada, respondi que não sabia. Malpassada é mais saborosa, mas tem aquele monte de sangue. Enfim, disse para o garçom trazer como ele preferir. Ele estranhou, mas no final decidiu que a carne viria malpassada. Para mim foi ótimo, pois não tive que decidir. Parece que teve um filósofo importante, não sei bem se da França ou da Mesopotâmia, que disse assim: "só sei que nada sei". Estou pior que ele, eu diria: "nem sei que nada sei". Com certeza acho que não sei de nada. Acho que tudo é meio incerto e nunca saberemos realmente nossas certezas. Morreremos achando, e isso se acharmos alguma coisa. Talvez seja por conta disso que sempre fui uma "Maria vai com as outras". Não me importo em dizer isso, sobretudo porque não mostrarei esse escrito para ninguém. Ninguém vai saber, e isso é o que importa. Para mim não há problemas em ser uma pessoa medíocre desde que os outros não saibam de sua mediocridade. Eles talvez pensem que você lá tem as suas convicções. Isso já basta. Ninguém desconfiando já tá bom!!!

Ah! Estou casada faz 24 anos.

PRAÇA RAMOS

Um jovem de sapato brilhante precisava ir a uma rua próximo a praça Ramos.

Pegou um ônibus que ia até a praça da república e pensou que por lá poderia perguntar as pessoas até encontrar seu destino. Como a rua era pequena e desconhecida, acreditou que seria melhor usar a praça Ramos como referência para depois encontra-la. Já no ônibus perguntou ao cobrador:

— Você sabe onde fica a praça Ramos?

O cobrador respondeu como se falassem sobre algo desajuizado:

— Eu não sei dessas coisas não senhor! — olhando para baixo constrangido e acuado. Ele se incomodou e pensou: *"Com esse aí é melhor nem conversar"*.

Desceu do ônibus as dezoito horas em ponto naquele ambiente cinzento, tumultuado e cheio de edifícios sujos de todos os tamanhos.

A primeira pessoa não sabia a resposta já a segunda falou:

— Eu não sei de nada! Eu não sei de nada! — se afastando como se a pergunta fosse sobre algo maligno.

Sentiu um cheiro desagradável de urina que exalava da calçada, viu um mendigo encostado em um poste e depois encontrou uma terceira pessoa:

— O senhor segue em frente três quadras vira à direita, segue mais duas quadras e está lá. A própria praça Ramos! A praça que o senhor tanto procura — falou um homem cabeludo, barbudo e barrigudo cheio de orgulho. Sim, tinha orgulho do fato de que conhecia muito bem tudo por lá. É muito prazeroso ser prestativo, sobretudo no que a gente sabe fazer de melhor. Ele conhecia aquela região como ninguém.

Consolado e até aliviado, ele agradeceu ao homem barrigudo:

— Muito obrigado, o senhor é muito gentil.

— Não tem de quê.

Um pipoqueiro bem velhinho que observava a conversa de enxerido, sorriu.

— É que eu não vou bem para a praça Ramos ... ...

— O senhor está dizendo que eu não sei onde fica a praça Ramos? — perguntou desconfiado.

— Não é isso não, é que eu usei essa praça como ... ...

— Pois eu sei onde fica a Praça Ramos! Eu conheço tudo isso aqui na palma da minha mão! — alertou ofendido.

Um rapaz vestido de palhaço que vendia água no farol teve um mau pressentimento:

— Tanto sabe que me explicou direitinho. Tenho certeza que deve saber de outras coisas também. — assegurou aflito.

Um homem dirigindo um carro vermelho xingava uma mulher em um carro prateado a sua frente:

— Mulher não sabe guiar mesmo hein?

Um gozador da calçada sugeriu:

—Passa por cima! Passa por cima!

Enquanto buzinas agrediam os ouvidos das pessoas do local por conta de um cachorro vira-lata que atravessava a rua, um bem-te-vi anônimo cantou três vezes, saltou de um galho de árvore rachado e voou para bem longe anunciando mau agouro.

O homem barrigudo declarou exasperado e definitivo:

— Então agora você vai é para a praça Ramos! Perguntou, agora tem que ir porque eu não sou palhaço!

— Olha eu não quis te ofender apenas usei essa praça como referência para uma outra rua que... ... ...

O escapamento solto de uma motocicleta fazia aquele barulho insuportável esperando ansiosamente o semáforo ficar verde — RROOOOMMM RRROOOOOMMMM, RRRRROOOOOOMMMMM — ..., até que ficou verde para a motocicleta para as buzinadas do homem do carro vermelho na bunda prateada do carro da mulher da frente e para este grito:

— Vai é para a praça Ramos! Vai é para a praça Ramos! — A cada quatro passos, ele repetia a frase como se mandasse o outro "às favas". — Vai é para a praça Ramos!

Duas pessoas com gel no cabelo testemunharam a cena numa distância de uns quinze ou vinte metros e ficaram intrigadas, até que uma comentou com a outra:

— O que foi aquilo?

— Não sei, mas acho que aconteceu algo muito grave lá na Praça Ramos.

Resolveram ir até lá ver o que ... era. Procuraram por toda tarde alguma coisa muito suspeita, mas não encontraram nada. Apesar de não terem descoberto ainda hoje comentam com seus amigos vez por outra:

— Houve algo muito suspeito tempos atrás que ficou encoberto e abafado. Ninguém sabe exatamente o que foi. Só se sabe que foi na praça Ramos.

RODRIGÃO E O VOO DOS MORCEGOS

Disputa de quinto lugar do campeonato do Vale do Paraíba. Pindamonhangaba, de Geraldo Alckmin, contra Jacareí. Categoria mirim. Hoje em dia sub-catorze:

Rodrigão era a atenção do torneio por conta de seus um metro e noventa e cinco de altura e treze anos de idade, substituindo sua falta de destreza. Às vezes seu All Star vermelho desamarrava no meio da partida. Inacreditável foi quando o tênis desamarrou pela terceira vez no mesmo jogo e o juiz foi pessoalmente resolver a situação. Amarrou ele próprio o tênis do menino enquanto a plateia se esborrachava de rir. Ingenuamente o número treze olhava para a torcida com carinho sem perceber que era alvo de gozação, enquanto o técnico notava alguma outra espécie de vocação para o menino. Quando o armador gritava "jogada três" era uma bagunça indescritível na cabeça do pivô e enquanto seus colegas se posicionavam ele pensava: *"Qual é a três mesmo?"*.

Com essa sagacidade que Rodrigão entrou para a história, pena que pelas portas dos fundos.

Jacareí registrou setenta e quatro pontos e a terra liderada na época pelo nosso vice-presidente, logo futuro presidente; o carismático e temperado "Picolé de Xuxu", setenta e cinco pontos. Faltavam apenas cinco segundos e Marquinhos do Jacareí tinha dois lances livres. A arquibancada fazia aquele som cheio de excitação e assobios tentando atrapalhar o lance.

Uma menina loira e sua amiga morena prenderam a respiração.

O primeiro arremesso foi convertido. No segundo a bola bateu no aro, na tabela, no aro de novo e por um instante trezentos torcedores sentiram a mesma angústia que sente o coração de uma mãe dedicada ao cuidar da felicidade de seu filho caçula.

Naquele momento mágico, que se fosse mostrado em um filme certamente seria em câmera lenta, Rodrigão pegou o rebote uma vez que com seus um metro e noventa e cinco era sua única habilidade, e, por não ter no cérebro a mesma precocidade do resto do corpo, confundiu a defesa com o ataque, fazendo o que faziam Michael Jordan e Magic Johnson numa façanha digna da NBA.

Ainda em câmera lenta... os colegas gritaram:

— Nããoo, Rodrigão... ... ... NÃÃÃÃOOO!!! NNNÃÃÃÂÃÃOOOOO!!! PÉÉÉÉÉÉÉÉÉ!!!

Tocou o sinal.

Entrou para história.

CIÊNCIAS EXATAS

ELEVADO À SEGUNDA POTÊNCIA — EPISÓDIO 1

Um menino moreno de dez anos de idade, daqueles bem distraídos que nunca soube direito porque devemos ir para escola fazia a lição de matemática. Aprendiam potência naquela aula e a professora pediu que colocassem no papel: Dois elevado à segunda potência igual a quatro, três à segunda potência igual a nove, quatro igual a dezesseis e assim por diante até o dez.

Distraído mas educado colocou no papel: dois vezes dois igual a quatro (2 x 2 = 4), depois três vezes três, nove (3 x 3 = 9) e fez até o dez. Terminado o exercício foi mostrar para a professora cheio daquele entusiasmo por saber que já estava chegando a hora do intervalo.

Ela elogiou:

— Muito bem, menino, só que em vez de você colocar dois vezes dois eu gostaria que você colocasse dois "ao quadrado".

Coisa mais esquisita o que essa mulher falou: "ao quadrado". Só conhecia a expressão "elevado à segunda potência", logo não entendeu o que a professora quis dizer e perguntou:

— Como assim "ao quadrado"?

— Veja, está tudo certo, você só precisa colocar "ao quadrado". Dois "ao quadrado" em vez de colocar dois vezes dois. Três "ao quadrado" em vez de três vezes três. Só isso, o resto está certo.

Frustrado e com medo de perder o intervalo, deu uma pausa e perguntou:

— Onde é que a senhora quer que eu coloque o... o... o... quadrado?

— Aqui. Você coloca "ao quadrado", só isso. Você fez tudo direitinho.

Ele continuou sem entender o que essa mulher quis dizer e aguardou um pouco supondo que ela completaria a explicação............ que não veio.

Talvez por ser uma professora de matemática, e não de português, não soubesse a diferença entre um artigo definido e uma preposição, ou então estava se referindo a alguma espécie de moda, acho que deve ser isso, só pode ser. Uma moda mais recente que se aplica as ciências exatas. Professora louca do caramba. Meu Deus! Esperou mais um pouco a explicação e a observando pensou: *"Por que será que essa mulher branquela com a bochecha áspera de quem teve muita espinha na adolescência fala desse jeito esquisito e insiste no "ao quadrado"?"*.

O que ela considerou nesses segundos não se sabe até hoje. Sabe-se apenas que falou irritada:

— Está tudo certinho, você só coloca dois "ao quadrado" em vez de dois vezes dois. Três "ao quadrado" em vez de três vezes três e assim por diante até o dez.

— Mas coloca o quadrado aonde?

— Está difícil de entender, hein, menino! Você fez tudo certo, agora é só botar "ao quadrado" em vez de repetir os números!

Pensou: *"Coisa mais chata quando a conversa enguiça!"*, e pensou: *"... se eu não repetir de ano, já tá bom..."*, e depois: *"... esse intervalo que não chega"*, e falou:

— Por mim tudo bem, eu coloco e não se toca mais no assunto. Onde a senhora gostaria que eu colocasse o quadrado?

— AQUI! — Apontando para o ângulo superior direito do número bem nervosa.

Ele foi imediatamente para a carteira e refez tudo colocando dois e um quadradinho no canto do número dois igual a quatro ($2^\square = 4$) três e um quadradinho no canto do três igual a nove ($3^\square = 9$) e foi até o dez. Voltou meio contrariado, para mostrar o seu trabalho.

Assim que viu o que ele tinha feito, a professora desapontada se indagou: *"Por que será que justamente o menino mais educado e bonitinho foi fazer uma coisa dessas? Uma traquinagem!"*. Decepcionada:

— Você não era assim!

— Mas assim como?

— Você sempre foi um menino bonzinho, educado.

— Mas eu continuo educado!

— Por que você fez isso?

— Isso o quê?

Ela aponta para o quadrado desenhado.

— Eu nem queria colocar o quadrado, foi a senhora que insistiu. Por mim ficava do jeito que estava sem o quadrado.

Uma menina ruiva cheia de sardinhas sentada em uma carteira na terceira fileira deu uma risadinha animada observando a cena.

A professora encerrou a conversa chateada por ele ter feito uma molecagem e o desafortunado sem entender o porquê dessa mulher ter ficado tão brava por causa de um quadrado.

Ele foi considerando um interesse maior pelas ciências humanas do que pelas ciências exatas e passou a evitar conversas sobre quadrados.

Ela depois de alguns anos teve um filho. Batizou-o com o mesmo nome desse menino.

FÍSICA

EPISÓDIO 2 — O RETORNO

Paulo Freire acreditava que nós já nascemos com um atributo, dentre outros, que chamamos de curiosidade epistemológica. Trata-se de um interesse pelo vasto e diverso conhecimento, que pode se manifestar por diferentes áreas como exatas, humanas, biológicas e assim por diante. Uma semente que deve ser regada com carinho e afeto.

Um adolescente que já tinha precedentes no passado com as ciências exatas em um problema de comunicação entre números e figuras geométricas, completava agora dezesseis anos em sua escrivaninha diante da matéria de física. Só que seu interesse epistemológico não se direcionava exatamente para eletricidade que era o assunto que estudava. A bem da verdade se interessava por três áreas distintas e suas indagações eram as seguintes:

Primeira: Podemos culpar Toninho Cerezo pela Copa de 82?

Segunda: Como será que se beija de língua?

Terceira (a mais promissora intelectualmente pois se relaciona diretamente com as ciências biológicas): Será mesmo verdade que dois Pit Bulls em parceria são capazes de enfrentar um urso como disse um amigo certa vez?

Acontece que via um livro de física ainda mais didático do que este escrito, e já eram onze e meia da noite. Ele via e, como se sabe, é possível ver e não enxergar.

A prova seria no dia seguinte, caso não se saísse bem pegaria recuperação e poderia até repetir de ano. Que tristeza seria repetir justo no terceiro ano do Ensino Médio quando tudo está se concluindo.

Os pais dedicados ao filho, sempre acreditaram que a nobreza de sentimentos tem mais valor que o dom do conhecimento, pois nada seria de Miguelzinho sem o amor e, preocupados com seu desempenho e a mensalidade da escola, justamente nesta encruzilhada onde há certeza no coração e dúvidas na mente, oravam a Deus para que o menino se saísse bem na prova, já que sabiam que definitivamente não estudaria.

Depois de uma hora e meia folheando o livro e assimilando muito pouco ou quase nada, ele parou o estudo e escreveu um pequeno texto:

CARA CHATEAÇÃO:

Física

"Em minha escrivaninha, me encontro com a matéria de física, uma vez que serei avaliado amanhã a respeito de eletricidade, uma asneirice.

Através de fórmulas e raciocínios ilógicos, tentam nos mostrar como matéria atrai matéria, no entanto são incapazes de mostrar como pessoa atrai pessoa. São incapazes de entender que não provam nada além do nada. Não conseguem enxergar que não tem nada a ser provado, pois tudo foi feito para não ser provado, mas para ser sentido e então fazer algum sentido. Não percebem que não faz sentido fazer sentido, uma vez que o sentido afoga os sentimentos, que, por sua vez, dão sentido à vida.

Parecem mais com um bando de pepinos selvagens que nunca sequer hesitaram em ambicionar compor uma instituição protetora de morangos silvestres.
Em repúdio a eles, me recuso estudar."

Foi mal na prova.

Pegou recuperação, porém sua doçura encantou a professora nas aulas particulares e aprendeu o suficiente para oferecer alegria ao bolso de seu pai.

Uma menina morena sussurrou algo no ouvido de uma menina ruiva cheia de sardinhas. A menina ruiva ficou com as bochechas rosadas.

Não repetiu, porque em sinal de respeito deixaram ele seguir adiante mesmo sem ter aprendido completamente.

Decidiram dessa maneira porque conheciam, já que falamos de Física, uma célebre frase de Isaac Newton com a qual termino este texto iniciado com Paulo Freire: "O que sabemos é uma gota e o que ignoramos é um oceano" (Isaac Newton).

EDUARDINHO AJUDANDO O PLANETA

Tudo que o Eduardinho queria era ajudar o Brasil. Resolveu então abrir uma frutaria que era o que sabia fazer. Decidiu que teria frutas, açaí com granola, água de coco e mais um monte de coisa. Ah! Fazia questão também que tivesse dois tipos de tomates. Isso era importante, porque teve uma namorada que gostou muito e ela preferia o tomate italiano. Por ser difícil de encontrar, muitas vezes voltava para casa com o tomate comum:

— Coisa chata, hein Eduardo? Não consegue nem comprar tomate! — ela repreendia.

Isso doía muito nele. Uma mulher tão admirada! Machuca muito a gente se sentir diminuído por quem gostamos.

Outras vezes não gostava, não. Achava ela muito exigente! Droga! Devia se dar conta de que os homens são assim mesmo, meio tontos, meio infantis e nem sempre conseguem fazer as coisas do jeito que as mulheres querem. Também, quer tudo na mão como se ele não tivesse feito nada. Tá pensando que é tudo mamata? Só pra comprar o tomate comum já deu um trabalhão. Piroska!

Olha que esse tipo de coisa não acontece só com o Eduardo, não. Acontece com um monte de homem. Vai saber se o Eduardo não percebe coisas que ela nem imagina, se é responsável de outro jeito. Então fica cada um na sua.

Bom, aí começou o seu trabalho. Tudo nos conforme, de acordo com a lei. Trabalho bonito. Como é que a gente vai ajudar o Brasil se for desonesto? Se fizer assim, será como os políticos que em vez de ajudar atrapalham tudo!

Decidiu contar sua empreitada para um amigo e trocar umas ideias e enquanto conversavam o amigo falou de um livro que leu:

— Você nem sabe do livro que eu li.

— Que livro?

O colega entusiasmado compartilhou sua leitura:

— Um livro que é zen-budista, negócio profundo. O livro ensina que para ajudar o mundo cada um faz a sua parte. O motorista dirige, o cobrador dá o troco, o sapateiro faz o sapato e assim por diante. Pro sapato ficar bem-feito o cara tem que estar focado no sapato, senão aperta o pé do cliente que fica mal-humorado daí desconta na mulher e o negócio vai embora como numa cadeia, tipo "efeito dominó", e se bobear vai até outro país. Já se faz direito, acontece ao contrário, a energia boa segue que até os políticos param de roubar. Já pensou? Agora, fala o livro que, para o sapateiro fazer seu trabalho direito, ele e o sapato são um só.

— Como assim são um só?

— Parece que num tem separação entre sujeito e objeto. Tudo é uma coisa só. Pelo menos enquanto o sapato está sendo feito.

— Esquisito isso aí de uma coisa só, num entendo isso direito, não.

Orgulhoso de seus conhecimentos, completou:

—— Isso é porque esse tipo de saber é só para os iniciados.

— O que é iniciados?

— Num sei direito, mas eu acho que são esses caras que gostam de falar mal do Paulo Coelho.

— Quem é o Paulo Coelho?

— Também não sei direito, mas acho que é um cara que dava as palestras dele e falava tudo errado.

Indignado, desabafou:

— Esses caras não têm mais o que fazer. Ficam tirando sarro do outro só porque ainda não aprendeu a dar palestra! Ignorantes são eles que se acham melhores só porque já sabem dar palestra. Pois eu sou muito mais o Paulo Coelho que nem conheço do que esses iniciados aí!

Depois pensou consigo mesmo: *"Queria ver esses caras comprando tomate italiano. Isso é o que eu queria ver!"*.

Mais calmo, completou:

— Melhor deixar pra lá, que essas coisas me deixam danado! Muita ignorância esse negócio de dar palestra! Bom, essa parte de uma coisa só ficou meio complicada, mas o resto foi legal! Deu pra tirar algum proveito.

— Só que tem mais...

— Então diz.

— Nesse livro eles valorizam o abandono do ego.

— Como assim?

— Tipo assim: para o time jogar bem, não importa quem joga melhor. Importa que todos estejam juntos como se fossem um só! Você abandona o ego e faz parte de um todo, entendeu?

— Acho que sim. Muito profundo isso!

— Diz que lá no oriente, onde se aprende o zen-budismo, eles sabem falar dessas coisas importantes sem perder a humildade.

— Jura? Falam disso e mesmo assim continuam humildes?

— É o que dizem.

— Evoluídos eles, né?

— Com certeza!

Por um instante os dois se entreolharam encantados, como quem contempla algo muito elevado. O amigo retomou o diálogo:

— Então, se você fizer a sua frutaria desse jeito, vai ajudar o Brasil! Talvez até o planeta! Por que só o Brasil? Se o cara for do Suriname, a gente não cuida?

— Verdade! Por que só o Brasil? Eu quero ajudar o planeta! Agora minha frutaria vai ficar ainda mais legal! Vai ficar legal pra caramba!

Eduardinho não gostou dos iniciados, mas gostou do livro que é zen-budista, da humildade dos orientais e se entusiasmou ainda mais para fazer sua frutaria. Só faltava ele encontrar os tomates em respeito a namorada que admirava. Lembrou de uma placa toda colorida que leu na rua tempos atrás que falava assim: **O Brasil é feito por nós!** e pensou: "*Por nós uma pinoia! Os políticos fazem tudo errado e depois querem colocar o povo no meio disso. Eu vou é fazer minha frutaria. Tem outra: depois de conhecer esse livro que é zen-budista, eu não quero mais ajudar o Brasil! Eu quero ajudar o planeta!*".

Assim o Eduardinho foi dando continuidade ao seu trabalho. Arrumou água de coco, frutas, açaí com granola, tudo que faltava, e inaugurou seu sonho.

Hoje o nosso planeta tem as Pirâmides do Egito, as Muralhas da China, muitas outras coisas e dentre elas: a Frutaria do Eduardinho, no bairro do Jardim Pirajuçara, com dois tipos de tomates.

PIXI

Como diria São Tomé, só vendo para crer:

Uma pessoa extremamente firme e convicta em seus posicionamentos ideológicos com a conduta de um soldado de Deus como Santo Inácio de Loyola. Acontece que essa força de vontade coexistia com a alma de um clown do Altíssimo como São Francisco de Assis e toda sua ternura. Alia-se ainda a essa personalidade um certo desconforto por conflitos. Sempre se esquivou das brigas por ser, ao mesmo tempo, um gentleman e uma pessoa avessa à violência. Sentia medo mesmo! Acho que isso se explica pelo fato de ser muito frágil fisicamente.

Como pode um "soldado de Deus" que não gosta de lutar, ou um "pedaço de ternura" ser firme e até radical em suas posições?

Politicamente de esquerda, estava sempre ao lado dos oprimidos, fosse qual fosse seu gênero ou etnia, e nos casos que considerava excepcionais era solidário com o rico, o burguês ou até o androide.

Compreendia que a opressão deve ser combatida não como um guerrilheiro que pega em armas, mas como um santo.

Conheci o calor de sua alma quando me senti oprimido. Constatei o valor de um amigo e verifiquei que se pode confiar nele, como um dia me ensinou um outro amigo versado em Guimarães Rosa um pensamento de Riobaldo de "Grande Sertões Veredas" ao falar sobre a "confiança que rodeia o quente da pessoa".

Agora vejamos para crer:

Em 1974, período da ditadura, esse guerreiro com alma de poeta foi capturado pela polícia, colocado em um furgão com a cabeça encoberta por um capuz e atirado em uma sala com paredes em azul desbotado, um ventilador quebrado e as cortinas encardidas esvoaçando na janela aberta.

Uma criança com medo de dormir no escuro.

O carcereiro fechou a porta e foi para uma outra sala suplicar ao delegado com sua voz cavernosa:

— Senhor delegado, deixa eu mesmo conversar com esse aí, porque quando é artista metido à besta dá mais vontade de assustar.

— Tá bom, Reginaldo, só não demora que a gente tem muito trabalho — respondeu o delegado.

O carcereiro deu uma risadinha, entrou na sala e depois interrogou o frágil Titã:

— Me disseram que você é comunista, é verdade?

(silêncio)

— Então agora você vai me explicar esse negócio, porque eu quero saber direitinho e não gosto de embrulhado, não, compreendeu?

(silêncio)

— Quero saber se você compreendeu?

(silêncio)

— Ainda não escutei a resposta!

(silêncio)

— Ou eu preciso lavar os ouvidos ou você precisa aprender a falar!

(silêncio)

(Com o dedo indicador, limpa os ouvidos explicitamente na frente do sequestrado, que dá um riso nervoso)

(silêncio)

— Você sabe que quando o artista é metido à besta e gosta de falar coisas que só ele entende, se é que entende mesmo, dá ainda mais vontade de brigar. Ainda mais se é todo bonitinho como você. Dá até vontade até de dar uns apertão.

Importante esclarecer que esse silêncio não era omissão de informações ou qualquer espécie de provocação. Era medo mesmo! Pânico, eu diria. Enquanto interrogado, estava tão assustado que sentia vontade de urinar. Apenas controlava o esfíncter e se esforçava para não passar a vergonha de mijar nas calças na frente do brutamontes. Prendia a respiração com o intuito de ter mais controle sobre suas necessidades fisiológicas enquanto procurava a palavra mais adequada para esclarecer que tinha de ir ao banheiro.

Ponderou que se usasse a palavra mijar poderia ser mal-interpretado como alguma espécie de protesto ou de agressividade, então pensou em usar a expressão "fazer xixi". Depois disso considerou que "fazer xixi" seria meio infantil e poderia soar como algo ridículo e sua humilhação seria ainda maior.

O carcereiro voltou à pergunta de forma incisiva:

— É que ainda não escutei a resposta! Que que é comunismo?

Irritado com o silêncio, mudou o curso de seu interesse epistemológico:

— Você é amigo desse Chico Buarque, não é? Diz pra mim se ele é comunista!

Na verdade a alma cheia daquela sensibilidade de um poeta tuberculoso responderia com elegância, porém, tinha medo de, ao abrir a boca, acabar por urinar no lugar de falar, portanto, continuou em seu exercício de prender a respiração e controlar o esfíncter calado, apenas pensava através de sinapses aterrorizadas: *"Devo falar mijar, ou devo falar fazer xixi?"*.

— Já tô de saco cheio desse teu silêncio, ou você fala agora ou o negócio vai engrossar de verdade — esbravejou o troglodita.

"*Mijar ou fazer xixi?*" — pensou.

Por uma fração de segundos, o carcereiro titubeou com a ousadia do comunista em permanecer em silêncio. Recuperando a coragem, inquiriu com um grito dantesco:

— O que que é essa porra de comunismo?

Acuado pela ferocidade do mestre de cerimônias do Dops e no limite de suas necessidades, ele percebeu a urgência de uma resposta e fez um pequeno movimento corporal inclinando lentamente a coluna para frente. O carcereiro se inclinou com atenção para finalmente obter a resposta e escutou:

— Pixi.

Um silêncio retumbante cobriu o local. Por um instante pareceu que não só o Dops, mas toda a cidade ficou muda. Houve uma longa e estranha pausa até que o antagonista perguntou:

— O quê?

(mais uma pequena pausa)

— Eu preciso fazer pixi!

— Você precisa fazer o quê?

— Fazer pixi!

O delegado, notando uma mudança de ares naquela sala, perguntou:

— Reginaldo, que que está acontecendo?

O carcereiro saiu novamente da sala e foi até a sala do delegado, que abaixou o rádio, deixando de ouvir as últimas notícias sobre a contusão do Rivelino para ouvir a explicação:

— O comunista falou que precisa fazer pixi.

— O quê?

— É isso que te falei. O comunista falou que precisa fazer pixi.

— Isso deve ser alguma estratégia, Reginaldo, cuidado!

— Acho que não é não, chefe, ele pareceu muito sincero.

— E por que que fala desse jeito: "fazer pixi"?

— Num sei, vai ver que é assim que eles falam quando precisam ir ao banheiro.

— Então deixa ele fazer pixi uai! Todo mundo precisa ir ao banheiro de vez em quando.

— Tô achando que esse comunista não é de nada patrão.

— Deixa ele, só quer fazer pixi.

— Tá bom, chefe.

Voltando e se dirigindo ao necessitado:

— Vai fazer pixi e esquece toda essa história, entendeu: já nem quero mais saber o que é comunismo vindo de você.

Aliviado e mais relaxado com a situação foi ao banheiro fazer o seu pixi. Depois se despediu com classe caminhou até o ponto e pegou o primeiro ônibus de volta para casa.

O delegado, ouvindo agora uma música romântica pela estação FM, sensibilizado com o que aconteceu, teve um momento de introspecção nostálgica: *"Houve uma vez lá em Jacarezinho que também falei desse jeito com meus pais "fazer pixi".*

Este episódio inusitado fala também do amor que muitos sentiam por essa pessoa e suas aventuras.

O leitor que vai decidir, separando o joio do trigo, o que é realidade e o que é o olhar fantasioso de um amigo.

Nunca saberemos os fatos, mas a verdade nós sabemos.

A verdade é que tudo sempre é um enigma.

AMIGO-SECRETO BUDISTA

Os budistas são muito evoluídos espiritualmente. Eles acreditam no desapego, no abandono do desejo. Quando se faz um amigo-secreto budista você escolhe algo muito precioso seu, realmente precioso, oferece para a outra pessoa, e fica por isso mesmo. Por exemplo; aquele amuleto que você ganhou de presente de seu avô e que tem todo um significado para sua vida e para sua existência, você apenas dá isso! Ou então se você é uma pessoa mais apegada a dinheiro e tem um quadro caríssimo que foi comprado num leilão. Pois então, você dá esse quadro e fica por isso mesmo. Isso é um amigo-secreto budista.

Uma pessoa que estava procurando se tornar mais espiritualizada resolveu arriscar e foi a um amigo-secreto budista e na reunião deu o seu presente. Uma coisa simples, mas de muito valor afetivo. Realmente muito valor. Um álbum de sua família onde tinham fotos desde a sétima geração anterior até a atual. Eram fotos que vinham desde o bisavô do tataravô deste indivíduo. Uma coisa linda, mas realmente fantástica, onde toda a saga da família dele, incluindo seus cães, estava fotografada naquele álbum. Ele deu.

Curioso que os cachorros eram galgos, uma raça que late muito pouco, pois eles eram apaixonados por pointers, ótimos caçadores. Sempre acreditava-se naquela família que teriam várias gerações de pointers ingleses, o famoso perdigueiro, e aconteceu de serem galgos. Pois é exatamente o que acontece quando Deus age em nossas vidas. Quando pensamos desejar com o mais profundo sentimento uma coisa, só conseguimos resvalar no nosso verdadeiro desejo. Conseguimos no máximo nos aproximar da verdade e é Deus quem sabe o que realmente queremos, pois não o sabemos de fato. Gostavam dos caçadores, pensava-se que eram pointers, mas seriam galgos.

Enfim, deu o presente e considerou que tinha realizado o gesto mais nobre de sua vida. Sentia-se profundamente espiritualizado e orgulhoso de seu feito. Foi para casa e dormiu com gosto. Antes de pegar no sono, lembrou-se do que aprendera muitos anos atrás com um professor de teologia: "— Deus procura a quem o procura", dizia seu professor — e ele já se sentia cercado de anjos.

Acordou no dia seguinte elevado, convicto de que dera um salto no caminho de sua jornada espiritual que estava apenas começando. No entanto, depois de alguns dias, foi tentar dormir e se deu conta que no fundo bem lá no fundo gostaria de ter aquele álbum com ele. Depois esqueceu.

Essa percepção foi se repetindo e com o passar do tempo ela ficou realmente constante. Em duas semanas não pensava em outra coisa até que depois de um mês já não conseguia nem dormir direito. Toda a noite se lembrava de cinco em cinco minutos do álbum que doou e que gostaria que estivesse com ele. Sua situação era como de uma pessoa que está tentando se concentrar para uma tarefa difícil; por exemplo uma equação de matemática em uma prova. Quando se está chegando na possibilidade de efetivamente realizar a operação um cachorro late "Au!", e ela se desconcentra. Depois de um tempo volta a se concentrar, se passam cinco minutos e quando acha que vai resolver aquela equação, "**Au!!**" o cachorro late e a pessoa se desconcentra de novo. No final não consegue realizar a operação. Talvez por conta do cachorro, ou talvez por sua falta de concentração ou ainda pela sua incapacidade de realizar uma tarefa que estava além de suas habilidades. Era exatamente isso que acontecia em sua mente quando ele tentava dormir. A cada cinco minutos: "**Au, Au, Au!**".

Isso foi deixando-o perturbado de tal maneira que uma semana depois daquele mês, sem conseguir descansar direito

45

foi necessário que procurasse, com o organizador do evento, o telefone da pessoa para quem havia doado o seu presente mais ou menos um mês e meio atrás, ou talvez um pouco mais:

— Oi, você se lembra de mim? Sou ...

— Claro, só pela voz sei quem é. Você me deu aquele álbum de presente, muito bonito por sinal.

— Que bom, eu poderia conversar com você?

— Pois não.

— Só que eu gostaria de te ver pessoalmente.

— Então venha à minha casa.

Eram dezoito horas e ele foi a pé, lento e hesitante. No caminho, como quem intui um mal presságio, ouviu o ganido de um cachorro que atravessava a rua sem um pedaço da orelha direita.

Chegando lá, com muita delicadeza e meio incerto de como se expressar, tentou explicar a situação dizendo que o álbum que tinha oferecido ao colega era muito valioso. Uma tradição que contava toda a jornada, toda a saga de sua família e gostaria que essa tradição continuasse. Gostaria que o álbum estivesse com ele.

Infelizmente o anfitrião pareceu não compreender direito, não:

— Olha, você foi a um amigo-secreto budista, a regra é essa e deve ser cumprida. Assim que funciona.

Na verdade o ex-dono do álbum sabia que a pessoa estava certa, mas não teria forças para lidar com tamanho infortúnio de ouvir aquele "latido de cachorro" a cada cinco minutos e não ter mais paz em seu coração. As insônias seriam terríveis talvez por muito tempo.

Por um momento, enquanto observava alguns quadros de natureza morta na parede da sala, pensou: "*Acho que com diplomacia vou tentar falar de novo*" e pediu:

— Por favor, por favor tenha um pouco mais de compreensão. Eu quis dar um salto maior que minhas próprias pernas. Acho que não estava preparado para tamanha grandeza espiritual.

— Pois não tivesse ido ao amigo-secreto, não é? Porque agora o álbum está comigo. Eu também doei algo precioso meu, aliás, todos doaram e todos estão lidando com essa dificuldade que o budismo nos ensina que é o desapego, o abandono do desejo. Um desafio que vai nos trazer um grande progresso espiritual. Você passa por um certo sofrimento para depois atingir a bem-aventurança.

— Eu sei, mas é que no fundo eu nem sou budista.

Admirou-se:

— Então o que foi fazer num amigo-secreto budista? Que fosse num amigo-secreto Cristão, ou Muçulmano ou Xintoísta, mas você foi em um amigo-secreto budista.

— É que eu estou arrependido. Por favor, eu queria que o senhor compreendesse a minha situação. Sei que está coberto de razão, mas gostaria que enxergasse o meu lado.

— Qual é o seu lado?

— Eu não consigo dormir à noite.

Embasbacado com a argumentação do visitante, replicou:

— Então chama um médico, toma um remédio, tem tantos. Eu tomo Serenus, mas também tem outros; Maracujina, Passiflorin e outros ainda. Escolha um desses e durma.

Olhando para um dos quadros:

— E se pensássemos que todas as religiões de certa maneira ensinam as mesmas coisas como compaixão, misericórdia...

— Agora você falou uma verdade. Talvez controversa mas que tomo por verdade. Acontece que você não foi a um templo budista e sim a um amigo-secreto budista e o ensinamento não era sobre misericórdia nem compaixão, mas sobre desapego, portanto o álbum fica comigo.

— Acho que o senhor não está me entendendo! As minhas insônias são terríveis, você não imagina o que são minhas insônias.

— Quem não está entendendo é você, mas eu vou te explicar: Não se pode fazer uma dívida num banco e depois deixar de pagar alegando para o gerente que está com a unha encravada ou com prisão de ventre. Isso não é argumento. Entendeu agora?

— Mas é que...

— Eu sugiro Serenus, mas tem Maracujina e outros ainda.

O caminho de volta para casa foi longo e cansativo. Aqueles paralelepípedos nunca foram tão irregulares e a lua minguante nem foi notada.

Sentia em suas costas o peso aterrador da impotência.

Daí em diante, todas as noites na hora de dormir, a cada cinco minutos: "**Au!, Au!, Au!**".

Na verdade não era um latido de cachorro, porque não é possível que um cachorro lata a cada cinco minutos com a mesma regularidade. Trata-se de algo que acontecia dentro de sua mente. O latido é apenas uma imagem.

Este homem, ao tentar dar um salto maior do que suas próprias pernas em direção a sua evolução espiritual, perdeu sua paz. Muito tempo sem paz.

RODOLPHO, EXCÊNTRICO E ESTABANADO

"A pessoa inteligente é aquela que duvida
a pessoa burra é aquela que tem certeza de tudo"
(atribuído a Charles Bukowiski)

Narrativa

Lembrou de pegar o celular, os óculos e a carteira quando ao sair de casa seu cotovelo esquerdo deu uma topada no canto da porta. Sentiu aquela irritação que durou uns dez segundos, depois se acalmou e foi ao elevador. Parou no térreo, mas logo em seguida lembrou que a máscara tinha ficado lá em cima no quinto andar, então subiu de novo sem maiores dramas porque considerou que isso tem acontecido com todos. Natural esquecer a máscara! Infelizmente o elevador parou no terceiro andar enguiçado. Um pouco chato, mas Paciência! Assim que o elevador voltou a funcionar depois de uns dez minutos pegou sua máscara e desceu até a garagem. Chegando lá ligou o carro, quando ao sair lembrou-se que o controle remoto da porta da garagem estava sem bateria, então parou o carro, desceu e foi pedir para o porteiro que a abrisse com o controle do prédio, quando imediatamente se deu conta que a comunicação seria complicada. O Genésio, porteiro da manhã, além de falar enrolado, não escuta direito, e se tem uma coisa chata é quando a conversa fica com o famoso: — "ã?, ã?, ã?" — o tempo todo, ainda mais hoje em dia que ninguém se ouve direito com esse negócio no rosto. Explicou o problema do controle comunicando-se com muito custo. Antes de sair, decidiu dar um telefonema para informar que já poderiam começar a reunião do trabalho, uma vez que ele chegaria em seguida. Pena que enquanto conversava com a funcionária de sua equipe profissional, ao estar meio atrapalhado por conta de tudo, não percebeu que falou sozinho no telefone por uns trinta segundos pois a ligação havia caído. Respirou três vezes e ligou de novo adiantando o futuro atraso. Voltou para o carro e, com a ajuda do Genésio, a porta da garagem foi aberta. Finalmente saiu do prédio e entrou em um trânsito insuportável! Só podia ser assim, porque já não existe mais lockdown nem nada do gênero! Pensou com os seus botões se deveria voltar a procurar o psiquiatra ou se só tinha acordado aquele dia com o pé esquerdo. Depois considerou que o problema era maior, e lembrou de Renato Russo dizendo: — Nos deram espelhos e vimos um mundo doente! — Realizou que a inadequação não era um problema só dele, pois fazia parte desse mundo seu único sintoma era justamente ter a pretensão de ajudar; Curar essa doença.

Foi se acalmando ao respirar algumas vezes com pausas cada vez maiores e pôde até sentir a presença de bálsamo no ar. Observando o cenário ao redor, notou algumas árvores alinhadas acalmando-se de vez ao olhar para uma pitangueira.

Interessante que sua dificuldade com a vida prática se completava estranhamente com uma razoável vocação para questões existenciais; pois, ao mesmo tempo que tudo isso acontecia e era bem desagradável, pensava em questões filosóficas e tinha teses pessoais que lhe completavam o vazio espiritual. Cativado pela questão do suicídio em Camus[1], por teologia, psicanálise, música, literatura ele tinha até uma tese muito particular a respeito do existencialismo[2] de Sartre. Discordava que a existência precedia a essência. Sua opinião era na coexistência entre a essência e a existência do ser humano de forma simultânea sem a precedência de nenhuma das partes. Quando teve esse

---

[1] Albert Camus – Filósofo e dramaturgo Argelino.
[2] Existencialismo – doutrina filosófica criada por Jean Paul Sartre.

"insight" muitos anos atrás, se sentiu como Arquimedes gritando "Eureca", porém, ao tentar compartilhar seu "grito de Arquimedes" com as pessoas, nenhuma delas se interessou pelo assunto e ele guardou para si mesmo.

Digressão

Essa característica de ao mesmo tempo o Rodolpho ter dificuldades com questões práticas junto de uma valiosa percepção para outras coisas não é algo que, de alguma maneira, por diferentes caminhos, todos temos? Não digo estas características específicas; aptidão para o pensamento e pouca inteligência prática, mas o fato de coexistir a "inteligência" e "burrice" seja em qual área for. Não somos todos nós assim um pouco? Cada um do seu jeito com as suas questões? Meio inteligentes e meio burros, meio gênios e meio idiotas, meio sábios e meio tolos?

Não que uma coisa absolva a outra!

Não estou me referindo a uma polêmica como a do Romário que não ia treinar e fazia dois gols resolvendo a partida. Digo apenas um fato que ocorre com a grande maioria das pessoas. Antônio Candido descreve Oswald de Andrade como um bom e um mau escritor; Charles Chaplin foi um exemplo de humanismo em "Carlitos" e um tirano nas gravações. Talvez um dos maiores exemplos da coexistência da sabedoria e tolice se encontre no célebre personagem do sufismo Nasrudin[3].

Nessa dubiedade quantos néscios conhecem coisas que não supúnhamos e quantos "homens de cultura", com diploma e carreira acadêmica são no fundo néscios? Quantos falam em ética e se limitam ao discurso e quantos são coerentemente éticos sem tocar no assunto?

---
[3] Nasrudin-místico sufi que nasceu na Turquia no séc. XIII.

Quantos pequenos artistas conseguiram fama e quantos grandiosos morreram anônimos, sem o resgate posterior dos amantes da arte?

Difícil quantificar! Também não cabe a mim condenar os néscios ou pequenos artistas.

Interesso-me pelos grandes e sei que eles existem. Os grandes artistas e os verdadeiros homens de cultura. Eles são, cada um a sua maneira, éticos! Justamente por isso sentem e contemplam de forma um pouco mais intensa e profunda o mistério da vida, em vez de fingir compreender o que no fundo ninguém sabe.

Rodolpho era um deles!

Descrição

Acredito que por ser diferente Rodolpho era mal compreendido. Um "outsider" justamente por pertencer à categoria dos que vão mais fundo nas questões do espírito e talvez por isso não se adaptasse ao cotidiano, como quem luta diariamente com um demônio interno para perseverar seus propósitos em um diálogo com a realidade.

Pensava em sua nova concepção existencialista e acabava por perder os óculos para depois reencontrá-lo. Conhecido como Sr. Harvard pelos funcionários da banca de frutas da avenida nove de julho e admirado pelo psicanalista Gaiarsa ele era um livre pensador que não se prendia a nenhuma ortodoxia seja ela religiosa, política ou científica. Enxergava no pensamento livre a possibilidade de ir ao mais alto degrau da escada de Jacó[4]. Livre em sua forma de pensar, porém aprisionado ao seu compromisso com a verdade, como alguém que tem a ousadia de encarar de frente o próprio deus sol sem se proteger. Assim, ao

---

[4] Jacó – Patriarca do Antigo testamento, filho de Isacc e irmão de Esaú. Jacó teve uma visão de uma escada empregue pelos anjos para subir e descer ao céu. Ele lutou com um anjo e ficou manco e abençoado depois da luta.

mesmo tempo que estabelece uma conexão direta com o transcendente fica ofuscado pelo excesso de luz, e com este distúrbio na vista não termina manco como Jacó, mas cego. Um tanto cego e outro tanto abençoado. Ele era Édipo em busca do assassino de Laio, porém sem o "decoro" dos gregos. Sua inteligência o tornava uma pessoa tão difícil quanto é o "decoro"[5] para muitos brasileiros. Olha que nesse quesito perdemos de sete a um para outros países além da Alemanha. Aliás, considero importante dizer que Rodolpho pouco se interessava por esportes, essas analogias com o futebol ficam por minha conta e risco. Faltava-lhe o decoro, mas nunca lhe faltou o apetite. Além de ser um "bom garfo", não resistia as sobremesas e muito menos ao cafezinho.

Retorno à narrativa, com descrição, torcida e tudo

Entrando atrasado na reunião, foi direto para a máquina, que era italiana, pegou o café e vestindo sua estimada calça de veludo azul foi se sentar. Esteve presente no trabalho e daí em diante o pé de Maradona passou a bola para o pé de Pelé.

Por um instante, parecia possível escutar toda a arquibancada gritar em coro: *"OLÉ!"*. Teve um bom dia com relações profissionais gentis e amistosas recuperando definitivamente uma sensação de bem-estar. Apesar de todos o enxergarem como esquisito, respeitavam-no como colega. Era competente, profissional e nunca falou da vida alheia. Dava até para se ouvir a torcida sussurrando — *Rodolpho... Rodolpho... Rodolpho*!!! — Sua integridade residia, sobretudo, no fato que só conversava sobre ideias, se esquivando desta maneira da superficialidade e da maledicência. Era na grandeza de

---
[5] Decoro – virtude associada a harmonia para os gregos. Harmonia mesmo em momentos de adversidade.

espírito que superava suas dificuldades, que para alguns era falta de modos. Outros até se incomodavam: — Lá vem o Rodolpho todo excêntrico e estabanado! — mas os poucos que o conheciam de fato e eram capazes de enxergar além das aparências, com os olhos do coração, sabiam o trabalho que tinha em se comprometer com a verdade. Ele também enxergava além das aparências e suponho que esse fosse um dos principais motivos que nos fazia cúmplices em admirar a grande alma do importante diretor de Teatro Silnei Siqueira. Um verdadeiro poeta é capaz de contemplar em um jardineiro muito mais do que se imagina. Grande Rodolpho ao enxergar nas entrelinhas. Grande Rodolpho!

Ao fechar os olhos e focar na escuta, percebíamos os comentários:

— *Interessante essa característica do Rodolpho de enxergar nas entrelinhas hein, Anselmo?*

— *Sem dúvida, sem dúvida. Ele vai na alma, enxerga o oculto por detrás do símbolo. Virtude de poucos artistas, coisa rara de se ver hoje em dia Julinho*

Me faz lembrar jogadores como Bebeto que nunca tiveram o reconhecimento que mereciam. São grandes almas anônimas. Verdadeiros heróis anônimos.

— *Sem dúvida, Julinho, sem dúvida.*

Depois de um excelente dia de trabalho ao voltar para casa ele refletiu sobre a importância de nunca desacreditarmos na força da transformação nos firmando na crença de que sempre será possível nos tornarmos no que realmente somos. Um único dia de transformação do pé esquerdo para o direito, das trovoadas de Beethoven para a primavera de Vivaldi, foi o suficiente para que Rodolpho, confiando em seus átomos, continuasse acreditando no mistério da vida.

Realidade

Na verdade Rodolpho foi meu amigo. Neste texto misturei fantasia e realidade, apresentando esta pessoa profunda e complexa. Lembro-me até hoje de uma conversa que tivemos:

— Você não imagina como me sinto desajustado e inadequado. De repente, aparece um desconhecido enviado sabe-se lá por qual mensageiro, seguindo por quais estradas e atravessando quais túneis até chegar aqui na avenida nove de Julho, onde moro. Justamente um estranho fora me compreender e ter diálogo comigo.

Ele respondeu:

— Não há nada de errado nisso, menino. Se você pretende um caminho para o espírito, o verdadeiro mestre será sempre um estranho. Assim deve ser! O estranho é seu maior amigo.

Hoje não o vejo e acho que nunca mais o verei, mas suas palavras ainda não me abandonaram. Guardo também comigo outras palavras do Rodolpho na forma de um soneto:

As roupas no varal se agitam loucamente
Ainda pouco havia sol em meu quintal
Mas a chegada súbita de um temporal
Com seu estrépito calou a paz silente

Pela janela olhando a cena tristemente
Pude notar também em mim mudança igual
Muitas vezes sem perceber qualquer sinal
Passo do azul do céu ao inferno ardente

Se o meu destino é viver ao sabor dos ventos
Resta saber quem manda na minha vontade

Para lhe poder pedir em alguns momentos

Seja quem for essa terrível divindade
Dai-me forças para enfrentar os meus tormentos
Livrai-me minha alma do furor da tempestade
                            (Rodolpho Vianna)

Estranho todo esse escrito. Estranho Rodolpho.
Rodolpho era um homem cheio de dúvidas!

PRIMA MELANCOLIA E AVÓ SABEDORIA

Certo dia a prima Petulância, toda cheia de não fazer nada, de não saber nada e de não querer nada com nada, orgulhosa de sua roupa normal, pegou no telefone, que ainda era fixo, e arriscou um palpite. Telefonou para Mesquinhez, que era cheia de reservas, se fazendo de ocupada por ter tempo sobrando, e conversou com a colega para que juntas tentassem a ideia de marcar um encontro na casa da Inveja. As três então passaram a tarde falando maldades e maldizendo com o pior a todos. Lembraram-se do dia em que fizeram o irmão Compreensão desistir de tentar entender quem lhe enganou e furioso brigou com meio mundo, depois riram orgulhosas de seu feito. Decidiram então que aprontariam mais uma das suas. Dessa vez o alvo seria a prima Melancolia, aquela caçula insossa e estúpida. Tiveram a ideia de deprimi-la ainda mais e um pouco mais ainda. O plano era que cada uma telefonasse a cada quinze minutos de intervalo para dar uma notícia ruim.

O primeiro telefonema comunicou o falecimento do tio Tormento. Quem fez questão de dar essa notícia foi a prima Inveja e falou de um jeito todo dissimulado e ciumento para parecer muito sofrimento na família do tio Tormento e aborrecer a Melancolia em sua triste calmaria.

A segunda vez foi da Mesquinhez. Falou que a família perderia muito dinheiro por uma dívida que não tinha sido cumprida. Tudo mentira, mas falou de um jeito todo avarento incluindo na história um agiota, que convenceria até uma pessoa esperta transformando-a em idiota.

Finalmente a Petulância, sempre orgulhosa de sua roupa normal, inventou uma doença inventada. Disse que a doença era hereditária e que a prima Melancolia muito devia tê-la. Desligou o telefone feliz, achando que tinha a sabedoria para si.

A prima Melancolia, tadinha, foi golpeada três vezes e já meio puxada para baixo ficou ainda mais triste, e um pouco mais ainda.

O azar das três é que nesse mesmo dia a generosa prima Alegria resolveu fazer uma visita-surpresa para saudar a Melancolia. Simples, esperta e positiva, a Alegria, guiada por sua satisfação, acalmou a prima, apaziguando sua tristeza com as seguintes palavras:

— O tio Tormento já estava mesmo muito doente e morreria cedo ou tarde, dinheiro nunca faltou à família e, além disso, você nunca foi apegada ao bem material. Quanto à doença, se é que ela existe, muito improvável que faça mal.

Consolada pela amiga, a Melancolia suportou o golpe, mas ainda chateada, depois de alguns dias, telefonou para a avó Sabedoria em busca de conselhos.

Decidiram então as duas ter uma conversa de conforto.

A conversa de conforto

Era domingo, o dia estava cinzento e toda a pequena vila em aparente recolhimento. Quando se encontraram na casa da avó Sabedoria, decidiram tomar um chá de camomila. Melancolia se recuperou da tristeza e se lembrou da prima Alegria e sua visita surpresa. Começaram então a conversa de conforto:

Melancolia — Além dessas três, tem toda a minha culpa, vovó. Quantos erros cometi na tentativa de acertar, quantas pessoas eu feri na tentativa de agradar, quantos corações eu parti e o meu também partido. Já não sei nem se sou do bem ou se sou do mal. Pelo menos um pouco com alguém eu acertei, mas nem isso sei. Espero ter feito algum bem.

Avó Sabedoria — Claro que fez, minha filha, claro que fez!

Melancolia — O coração parece que aperta e o olho enche cheio de chorar. O homem ofende e nem percebe. Pensa que se preocupa com o mundo e no fundo só se ocupa de si. O ser humano é todo cheio de querer ser importante.

Avó Sabedoria — Eu também já fui assim toda cheia de querer ser importante. O ser humano só quer crescer por dentro e para isso tem de errar também. Se a intenção é das boas, já é muito, mas se a intenção não é das boas aí sim é motivo de vergonha. Isso quem vai saber além de Deus?

Melancolia — Mas tudo é sempre tão triste.

Avó Sabedoria — Nem tudo, minha filha, nem tudo! Nem todo dia é nublado, então tenha mais cuidado! Se o girino pode virar sapo e a lagarta borboleta, o cinza também pode virar azul ou até mesmo amarelo.

Nesse mesmo momento, todos os habitantes que estavam em silêncio e aparente recolhimento festejaram um gol com gritos e rojões, comemorando a final do campeonato e enchendo de entusiasmo todo o vilarejo. O gol foi do artilheiro Zenon, e de bicicleta, comemorado com muita emoção, porque passou o time para a primeira divisão.

As duas, numa pausa e em sintonia, cúmplices de um segredo de alegria, sorriram emocionadas, e mesmo a Melancolia tão pouco esperançada deu um passo atrás em direção ao entendimento:

Melancolia — Cuidado, vovó?

Avó Sabedoria — Cuidado, sim. Os dois cuidados: cuidado de atenção para o perigoso e cuidado de cuidar. Difícil é ter coragem em vez de se esconder.

Melancolia — Esconder?

Avó Sabedoria— Esconder, sim. De que adianta ser profunda e não ser feliz? Para isso é preciso ter coragem e se mexer em direção à justiça. Além disso quem é profundo de verdade sabe que não é mais do que ninguém. Cada um é do seu jeito e todos têm o que aprender. Não faça assim de olhar para os outros como se fossem menos que você, porque isso é muito feio. Não olhe ninguém de cima para baixo.

Melancolia — Isso eu não faço, não. Isso machuca o outro por dentro e faz ele parar de acreditar. Tira dele a chance de também tentar. Isso eu não faço, não.

Avó Sabedoria — Que bom, minha filha, que bom! No entanto queria que soubesse que, se por um lado nem todo dia é nublado, se o girino pode virar sapo e a lagarta borboleta, por outro lado existem coisas muito difíceis de mudar. Eu não diria impossível, mas muito, muito e muito improvável. Então tenha cuidado de atenção para o perigoso. Te digo como alguém que só te quer bem e quer te proteger para não te ver se arrepender.

Melancolia — Diga logo, assim eu não aguento.

Um vento forte balançou a árvore do quintal e um galho velho se quebrou fazendo um barulho maior do que o normal. As duas olharam para a janela, respiraram agoniadas e retornaram para o momento crucial da conversa de conforto.

Avó Sabedoria — Existem dois inimigos que são os mais perigosos de todos. Muito pior que essas três. Eles estão na nossa própria família.

Melancolia — Quem são?

Avó Sabedoria — Um deles é cheio de arrogância e mais duro que a prima Petulância. Ele cega a todos porque também é cego, além disso nunca será capaz de voltar atrás. Seu nome é tio Orgulho. O outro só se ocupa de fugir, nunca nada é com ele e se arrepia da verdade, assusta os outros porque também vive assustado. Esse estranho assombro se chama primo Medo.

Com eles é preciso ter cuidado, porque são de longe os mais arriscados. Deletérios e ruinosos, sempre estão à espreita, e a todo momento querem voltar com a perturbação.

Se vencê-los, além de profunda, será feliz. Só que para isso não pode ralhar com eles, tem de vencer no silêncio, é o único jeito. Também não pode perder o equilíbrio, senão eles voltam de novo e de novo.

Agora, se derrotá-los dessa maneira, em silêncio e harmonia, você conhecerá a felicidade suprema na maior quietude que existe. Serena e profunda.

Melancolia — Queria ouvir essa quietude.

Avó Sabedoria — Isso não é fácil, mas se conseguir vai descobrir que o barulho e a sujeira sempre estiveram dentro de você mesma.

Se isso realmente acontecer, além da paz você também ouvirá uma voz quente e que sai do coração e se insinua suavemente nos ouvidos, perceberá então que nunca esteve sozinha. Essa voz falará assim: *"Onde quer que você esteja eu também estarei, para onde quer que você vá eu também irei, o que quer que você faça eu também farei, porque sempre te amarei"*.

Se você for realmente sensível, vai perceber um feixe invisível, intenso e profundo te ligando às estrelas; como quando se ouve uma música sentindo a natureza, perceberá que além do completo só resta a completude, além do perfeito só resta a perfeição e que, embora não pareça, tudo é auspicioso. Poucos conseguem ir tão longe, filha. Muito poucos!

Melancolia — Puxa, que difícil!

Carta à classe teatral

Se o pobre teatro rico de Grotowiski se avivar em Peter Brook cumpriremos a profecia de Plinio Marcos sobre a eternidade de nossa Arte que jamais será superada por qualquer tecnologia. Se rirmos menos da estética dos outros e mais de nós mesmos em um exercício de humildade clownesca, conseguiremos aprimorar o nosso relacionamento pessoal e profissional.

O teatro é háptico visual e dialoga pouco com o mundo tecnológico. Se nós atores aprendêssemos com o palhaço buscando a excelência no humano mais do que na perfeição talvez seríamos menos admirados, porém mais amados. Não digo abdicar do rigor tão necessário, mas vencer a vaidade; essa impostora que esconde nossas almas uns dos outros e nos afasta da própria plateia. Deveríamos nos preocupar em ter alma e sermos vivos, mais do que ser vanguarda ou novidade. Pelo menos, a novidade que rima com vaidade.

Talvez sejam palavras óbvias ou ingênuas, mas o óbvio também precisa ser dito, e nos dias de hoje quem fala palavras assim fica fadado ao fracasso.

No entanto o que é o palhaço: vencido, ou vencedor?

Vencedor é o bendito ator que acreditando com fé na cena, comovido com sua verdade e desapegado da vaidade, se torna a poesia encarnada da dor que sente o poeta e sentindo também essa dor é em sua essência mensageiro de outro criador e no seu espirito uma oferenda devota de afeto e amor.

POEMAS

Teatro

No teatro se faz vida
na vida se faz teatro

lugar para se contemplar
pensar, sentir, amar

a vida que representa a vida
que amamos representar

Palhaço

Quando eu era   criança

queria ser   palhaço

fui   crescendo

ou talvez   diminuindo

hoje sou   palhaço

mas queria ser   criança.

Possibilidades

É possível o possível
é possível o provável
é improvável o impossível
mas é possível o improvável
e até mesmo
      o impossível.

Complexidade

Como é complicado ser simples
como é simples ser fácil
como é fácil ser complicado
como é duro ser simples
                e profundo

Lua Cheia

O aroma da lua cheia
namora minha memória
marcada pelo meu amor
marcada para nunca esquecer
da lua cercada de estrelas
a lua nascendo em flor

A Corajosa Rosa
para Andrea Prior

Ontem sonhei
que sonhavas comigo

em meu sonho
tu sonhavas com amor
transfigurando
minhas feridas
em flor

Em teu sonho
de meu sonho

a rosa vermelha
admirava a rosa branca
aspirando um dia
se tornar também solar

e com suas feridas curadas
conseguiu transmutar
em uma única onda
todo seu sangue
na branca espuma do mar

Fim de namoro

Me perdi
te perdi

me encontrei
sem ti.

Política

    direita
        esquerda
    direita
        esquerda
    direita
        esquerda

meia volta, volver

    esquerda
        direita
    esquerda
        direita
    esquerda
        direita

Resistindo à resistência

A resistência da arrogância
da arrogância da resistência
do artista da arrogância
que arroga para si
o monopólio da cultura
da cultura da ignorância
enamorada da prepotência
do artista da resistência

Que insiste em crer
que só ele sabe ler.

Guardado com graça

A vanguarda aguarda
a retaguarda aguardada
sempre em guarda
aguardando a falha

Mas guardado com graça
no coração
o mistério aparece
e não carece
de explicação.

São Paulo e Londres

O afeto e o olfato amargo das ideias paulistanas
o paladar e a audição gelada dos afetos londrinos
o tato e o contato saboroso das ideias inglesas
a doce visão do afeto e do carinho brasileiro

Se trocassem afeto, olfato, ideias e visão
que metrópole! Que nação!

Minha Pátria

O óbvio ululante (Nelson Rodrigues)

A coexistência incoerente de contrastes
negam à pátria prosperidade
porém, por pura paixão
podemos apostar na criança
esperança incansável
para evitar o inevitável.

Tico

Um pequeno foguete cinza
com cheiro de alegria
ternura e melancolia

Em sua frágil coragem
ensinaria o afeto
e afetaria o intelecto
dos que por incompreensão
fogem do amor
pelo viés da razão

Humanizaria os homens
que se abrissem para ver

quanta verdade
quanta beleza
quanta elegância
quanto mistério

existe
no coração deste cão

Tico, meu cão
Tico, meu guardião
cuida do meu coração

O Grito do Trovão

O grito do trovão
quando sai do coração
com o seu som de fogo
ilumina os loucos

A lucidez dos loucos
em seu silêncio eloquente
de persuasiva comunhão
nos aponta a saída

A cumplicidades dos homens
Apavorada da verdade
Apavorada de verdade
como em uma cirurgia

Prefere viver presa
em sua pretensa sanidade
pelo medo da liberdade
pelo medo da liberdade

Mas a saída está aberta
aberta e iluminada
para os que creem no coração
e no grito do trovão

Olhos Azuis

Meus olhos eram azuis
não sei como nem quando
eles mudaram de cor
mas sei que eram azuis

A lua sempre branca
cheia, minguante ou o que for
nunca muda de cor
não muda de cor

mas meu olho mudou

Quem roubou o azul de meus olhos?
Quem roubou?

Não posso viver sem eles
nem posso mudá-los de cor

Um futuro incerto
de cinza e negra angústia
procurando o azul de meus olhos
talvez no azul de teus olhos
em busca de ser quem sou.

Poeira do tempo

Protesto impotente
piora os problemas
na poeira do tempo
por tanto tempo

Por que penso?
Por que tanto penso
o tempo todo?

Tento parar ... ...
... ...
... ...
... ...

e perco meu tempo
tentando e tentando
parar de pensar

Poeira do Tempo.

Loucura e Lucidez

*"Pois a loucura de Deus é mais sábia que os homens,
e a fraqueza de Deus é mais forte que os homens"*
(São Paulo, primeira epístola aos Coríntios)

A loucura
amordaça o sentimento
quanto sofrimento
Meu Deus!
quanto sofrimento

A loucura
emudece o sentimento
quanto sofrimento
quanto sofrimento

A loucura
silencia o sentimento
quanto sofrimento
quanto sofrimento

A lucidez
entristece a loucura
caminho de cura
caminho de cura

A lucidez
entorpece a loucura
caminho de cura
Que alegria!
caminho de cura

A lucidez
ensurdece a loucura
cura
cura
cura

No infinito conduzir
em direção a lucidez
a batalha recomeça
ecoando em direção
ao caminho da salvação

O Messias

Deus te deu
deu te Deus

Insônia

… … … … … dormi
Acordei sem você.

Os outros   Os outros

O excêntrico

Os outros   Os outros

SÓ